El Abencerraje

El Abencerraje

Español & English

Anónimo

Jessica Knauss

Translator

Açedrex Publishing
2015

El Abencerraje
Español & English
2015
ISBN 978-1-937291-54-9 (paperback)
978-1-937291-03-7 (e-book en español)
978-1-937291-06-8 (e-book in English)

Açedrex Publishing
La lectura es el pasatiempo más noble
Reading is the noblest pastime
Atlanta

Visite nuestro web
Acedrex.com
para todo lo nuevo de nuestra editorial bilingüe.

Visit our web site
Acedrex.com
for all the latest about our bilingual publishing house.

Second print edition.

Contenido
Contents

Nota al lector

Hemos deseado que esta edición del *Abencerraje* sea una experiencia amena para el lector de hoy en día. Basándonos en la edición de 1565, hemos modernizado la ortografía (y, más ligeramente, la puntuación) para facilitar la lectura. No sea que el mensaje se pierda entre letras desconocidas. Si hay algo más que podemos hacer para mejorar la lectura de este libro tan importante y entretenido, por favor contáctenos en

acedrexpublishing@yahoo.com.

¡Disfrute!

El Abencerraje

o

La historia de Abindarráez y la hermosa Jarifa

de autor anónimo

Este es un vivo retrato de virtud, liberalidad, esfuerzo, gentileza y lealtad, compuesto de Rodrigo de Narváez, y el Abencerraje, y Jarifa, su padre, y el rey de Granada, del cual, aunque los dos formaron y dibujaron todo el cuerpo, los demás no dejaron de ilustrar la tabla, y dar algunos rasguños en ella. Y como el precioso diamante engastado en oro, o en plata, o en plomo, siempre tiene su justo y cierto valor, por los quilates de su oriente: así la virtud en cualquier dañado sujeto que asiente, resplandece y muestra sus accidentes: bien que la esencia y efecto de ella

1

es como el grano que cayendo en la buena tierra, se acrecienta, y en la mala se perdió.

Dice el cuento que en tiempo del infante don Fernando, que ganó a Antequera, fue un caballero que se llamó Rodrigo de Narváez, notable en virtud y hechos de armas. Éste, peleando contra moros, hizo cosas de mucho esfuerzo, y particularmente en aquella empresa y guerra de Antequera hizo hechos dignos de perpetua memoria: sino que esta nuestra España tiene en tan poco el esfuerzo (por serle tan natural y ordinario) que le parece que cuanto se puede hacer es poco: no como aquellos romanos y griegos, que al hombre que se aventuraba a morir una vez en toda la vida, le hacían en sus escritos inmortal y le trasladaban a las estrellas. Hizo, pues, este caballero tanto en servicio de su ley y de su rey, que después de ganada la villa, le hizo alcaide de ella, para que, pues había sido tanta parte en ganarla, lo fuese en defenderla. Hízole también alcaide de Álora; de suerte que tenía a cargo ambas fuerzas, repartiendo el tiempo en ambas partes, y acudiendo siempre a la mayor necesidad. Lo más ordinario residía en Álora, y allí tenía cincuenta escuderos hijosdalgo, a los gajes del rey, para la defensa y seguridad de la fuerza; y este número nunca faltaba, como los inmortales del rey Darío, que en muriendo uno ponía otro en su lugar. Tenían todos ellos tanta fe y fuerza en la virtud de su capitán, que ninguna empresa se les hacía difícil; y así no dejaban de ofender a sus enemigos y defenderse de ellos, y en todas las escaramuzas que entraban salían vencedores, en lo cual ganaban honra y provecho, de que andaban siempre ricos. Pues una noche acabando de cenar, que hacía el tiempo muy sosegado, el alcaide dijo a todos ellos estas palabras:

—Paréceme, hijosdalgo, señores y hermanos míos, que ninguna cosa despierta tanto los corazones de los hombres, como el continuo ejercicio de las armas, porque con él se cobra experiencia en las propias, y se pierde miedo a las ajenas. Y de esto no hay para qué yo traiga testigos de fuera; porque vosotros sois verdaderos testimonios. Digo esto, porque han pasado muchos días que no hemos hecho cosa que nuestros nombres acreciente, y sería yo de dar mala cuenta de mí y de mi oficio, si teniendo a cargo tan virtuosa gente y valiente compañía dejase pasar el tiempo en balde. Paréceme (si os parece), pues la claridad y seguridad de la noche nos convida, que será bien dar a entender a nuestros enemigos, que los valedores de Álora no duermen. Yo os he dicho mi voluntad, hágase lo que os pareciere.

Ellos respondieron que ordenase, que todos le seguirían. Y nombrando nueve de ellos los hizo armar: y siendo armados, salieron por una puerta falsa que la fortaleza tenía, por no ser sentidos, y porque la fortaleza quedase a buen recaudo. Y yendo por su camino adelante, hallaron otro que se dividía en dos.

El alcaide les dijo:

—Ya podría ser que yendo todos por este camino se nos fuese la caza por este otro. Vosotros cinco os id por el uno, yo con estos cuatro me iré por el otro; y si acaso los unos toparen enemigos que no basten a vencer, toque uno su cuerno, y a la señal acudirán los otros en su ayuda.

Yendo los cinco escuderos por su camino adelante, hablando en diversas cosas, el uno de ellos dijo:

—Teneos, compañeros, que o yo me engaño, o viene gente.

Y metiéndose entre una arboleda que junto al camino se hacía, oyeron ruido; y mirando con más atención vieron venir por donde ellos iban un moro en un caballo ruano. Él era grande de cuerpo, y hermoso de rostro, y parecía muy bien a caballo. Traía vestida una marlota de carmesí, y un albornoz de damasco del mismo color, todo bordado de oro y plata. Traía el brazo derecho regazado, y labrado en él una hermosa dama, y en la mano una gruesa lanza de dos hierros. Traía una adarga y cimitarra, y en la cabeza una toca tunecí, que dándole muchas vueltas por ella, le servía de hermosura y defensa de su persona. En este hábito venía el moro, mostrando gentil continente, y cantando un cantar que él compuso en la dulce membranza de sus amores, que decía:

4

"Nacido en Granada,
criado en Cártama,
enamorado en Coín,
frontero de Álora."

Aunque a la música faltaba el arte, no faltaba al moro contentamiento; y como traía el corazón enamorado, a todo lo que decía daba buena gracia. Los escuderos, transportados en verle, erraron poco de dejarle pasar, hasta que dieron sobre él. Él, viéndose salteado, con ánimo gentil volvió por sí, y estuvo por ver lo que harían. Luego, de los cinco escuderos los cuatro se apartaron, y el uno le acometió; mas como el moro sabía más de aquel menester, de una lanzada dio con él y con su caballo en el suelo. Visto esto, de los cuatro que quedaban, los tres le acometieron, pareciéndoles muy fuerte, de manera que ya contra el moro eran tres cristianos, que cada uno bastaba para diez moros, y todos juntos no podían con este solo. Allí se vio en gran peligro, porque se le quebró la lanza, y los escuderos le daban mucha priesa; mas, fingiendo que huía, puso las piernas a su caballo, y arremetió al escudero que derribara; y como una ave se colgó de la silla, y le tomó su lanza, con la cual volvió a hacer rostro a sus enemigos, que le iban siguiendo pensando que huía, y dióse tan buena maña que a poco rato tenía de los tres los dos en el suelo. El otro que quedaba, viendo la necesidad de sus compañeros, tocó el cuerno y fue a ayudarlos. Aquí se trabó fuertemente la escaramuza, porque ellos estaban afrentados de ver que un caballero les duraba tanto, y a él le iba más que la vida en defenderse de ellos. A esta hora le dio uno de los dos escuderos una lanzada en un muslo, que a no ser el golpe en soslayo se le pasara todo. Él, con rabia de verse herido, volvió por sí, y dióle una lanzada que dio con él y con su caballo muy mal herido en tierra.

Rodrigo de Narváez, barruntando la necesidad en que sus compañeros estaban, atravesó el camino, y como traía mejor caballo se adelantó; y viendo la valentía del moro quedó espantado, porque de los cinco escuderos tenía a los cuatro en el suelo, y el otro casi al mismo punto. Él le dijo:

—Moro, vénte a mí, y si tú me vences, yo te aseguro de lo demás.

Y comenzaron a trabar brava escaramuza; mas como el alcaide venía de refresco, y el moro y su caballo estaban heridos, dábale tanta prisa, que no podía mantenerse; mas, viendo que en sola esta batalla le iba la vida y contentamiento, dio una lanzada a Rodrigo de Narváez, que a no tomar el golpe en su adarga le hubiera muerto. Él, en recibiendo el golpe, arremetió a él, y dióle una herida en el brazo derecho, y cerrando luego con él le trabó a brazos, y sacándole de la silla, dio con él en el suelo. Y yendo sobre él, le dijo:

—Caballero, date por vencido, si no, matarte he.

—Matarme bien podrás — dijo el moro — que en tu poder me tienes; mas no podrá vencerme sino quien una vez me venció.

El alcaide no paró en el misterio con que se decían estas palabras, y usando en aquel punto de su acostumbrada virtud, le ayudó a levantar, porque de la herida que le dio el escudero en el muslo, y de la del brazo, aunque no eran grandes, y del gran cansancio y caída quedó quebrantado, y tomando de los escuderos aparejo, le ligó las heridas; y hecho esto, le hizo subir en un caballo de un escudero, porque el suyo estaba herido, y volvieron el camino de Álora. Y yendo por él adelante hablando en la buena disposición y valentía del moro, él dio un grande y profundo suspiro, y habló algunas palabras en algarabía que ninguno entendió. Rodrigo de Narváez iba mirando su buen talle y disposición: acordábase de lo que le vio hacer; y parecíale que tan gran tristeza en ánimo tan fuerte no podía proceder de sola la causa que allí parecía. Y por informarse del, le dijo:

—Caballero, mirad que el prisionero que en la prisión pierde el ánimo, aventura el derecho de la libertad. Mirad que en la guerra los caballeros han de ganar y perder; porque los más de sus trances están sujetos a la fortuna; y parece flaqueza que quien hasta aquí ha dado tan buena muestra de su esfuerzo, la dé ahora tan mala. Si suspiráis del dolor de las llagas, a lugar vais donde seréis bien curado; si os duele la prisión, jornadas son de guerra a que están sujetos cuantos la siguen. Y si tenéis otro dolor secreto, fiadle de mí, que yo os prometo como hijodalgo de hacer, por remediarle, lo que en mí fuere.

El moro, levantando el rostro, que en el suelo tenía, le dijo:

—¿Cómo os llamáis, caballero, que tanto sentimiento mostráis de mi mal?

Él le dijo: —A mí llaman Rodrigo de Narváez, soy alcaide de Antequera y Álora.

El moro, tornando el semblante algo alegre, le dijo: — Por cierto ahora pierdo parte de mi queja; pues ya que mi fortuna me fue adversa, me puso en vuestras manos, que aunque nunca os vi sino ahora, gran noticia tengo de vuestra virtud, y experiencia de vuestro esfuerzo; y porque no os parezca que el dolor de las heridas me hace suspirar, y también porque me parece que en vos cabe cualquier secreto, mandad apartar vuestros escuderos, y hablaros he dos palabras.

El alcaide los hizo apartar, y quedando solos, el moro, arrancando un gran suspiro, le dijo:

—Rodrigo de Narváez, alcaide tan nombrado de Álora, está atento a lo que te dijere, y verás si bastan los casos de mi fortuna a derribar un corazón de un hombre cautivo. A mí llaman Abindarráez el Mozo, a diferencia de un tío mío, hermano de mi padre, que tiene el mismo nombre. Soy de los Abencerrajes de Granada, de los cuales muchas veces habrás oído decir; y aunque me bastaba la lástima presente, sin acordar las pasadas, todavía te quiero contar esto. Hubo en Granada un linaje de caballeros, que llamaban los Abencerrajes, que eran la flor de todo aquel reino; porque en gentileza de sus personas, buena gracia, disposición y gran esfuerzo, hacían ventaja a todos los demás; eran muy estimados del rey y de todos los caballeros, y muy amados y queridos de la gente común. En todas las escaramuzas que entraban salían vencedores, y en todos los regocijos de caballería se señalaban. Ellos inventaban las galas y los trajes; de manera que se podía bien decir que en ejercicio de paz y de guerra eran ley de todo el reino.

Dícese que nunca hubo Abencerraje escaso ni cobarde, ni de mala disposición: no se tenía por Abencerraje el que no servía dama, ni se tenía por dama la que no tenía Abencerraje por servidor. Quiso la fortuna, enemiga de su bien, que de esta excelencia cayesen de la manera que oirás. El rey de Granada hizo a dos de estos caballeros, los que más valían, un notable e injusto agravio, movido de falsa información que contra ellos tuvo, y quísose decir, aunque yo no lo creo, que estos dos y a su instancia otros diez, se conjuraron de matar al rey, y dividir el reino entre sí, vengando su injuria. Esta conjuración, siendo verdadera o falsa, fue descubierta; y por no escandalizar el rey al reino, que tanto los amaba, los hizo a todos una noche degollar; porque a dilatar la injusticia, no fuera poderoso de hacerla. Ofreciéronse al rey grandes rescates por sus vidas; mas él aun escucharlo no quiso.

Cuando la gente se vio sin esperanza de sus vidas, comenzó de nuevo a llorarlos: llorábanlos los padres que los engendraron y las madres que los parieron; llorábanlos las damas a quien servían y los caballeros con quienes se acompañaban; y toda la gente común alzaba un tan grande y continuo alarido, como si la ciudad se entrara de enemigos; de manera que si a precio de lágrimas se hubieran de comprar sus vidas, no murieran los Abencerrajes tan miserablemente. ¡Ves aquí en lo que acabó tan esclarecido linaje, tan principales caballeros como en él había! ¡Considera cuánto tarda la fortuna en subir un hombre, y cuan presto le derriba! ¡cuánto tarda en crecer un árbol y cuan presto va al fuego! ¡con cuánta dificultad se edifica una casa, y con cuánta brevedad se quema! ¡cuántos podrían escarmentar en las cabezas de estos desdichados, pues tan sin culpa padecieron con público pregón, siendo tantos y tales, y estando en el favor del mismo rey! Sus casas fueron derribadas, sus heredades enajenadas, y su nombre dado en el reino por traidor. Resultó de este infeliz caso que ningún Abencerraje pudiese vivir en Granada, salvo mi padre y un tío mío, que hallaron inocentes de este delito, a condición que los hijos que les naciesen enviasen a criar fuera de la ciudad, para que no volviesen a ella, y las hijas casasen fuera del reino.

Rodrigo de Narváez, que estaba mirando con cuánta pasión le contaba su desdicha, le dijo:

—Por cierto, caballero, vuestro cuento es extraño, y la sinrazón que a los Abencerrajes se hizo fue grande; porque no es de creer que, siendo ellos tales, cometiesen traición.

—Es como yo lo digo — dijo él —; y aguardad más y veréis cómo desde allí todos los Abencerrajes deprendimos a ser desdichados. Yo salí al mundo del vientre de mi madre, y por cumplir mi padre el mandamiento del rey, envióme a Cártama, al alcaide que en ella estaba, con quien tenía estrecha amistad. Este tenía una hija, casi de mi edad, a quien amaba más que a sí; porque, allende de ser sola y hermosísima, le costó la mujer, que murió de su parto. Ésta y yo en nuestra niñez siempre nos tuvimos por hermanos, porque así nos oíamos llamar. Nunca me acuerdo haber pasado hora que no estuviésemos juntos: juntos nos criaron, juntos andábamos, juntos comíamos y bebíamos. Naciónos de esta conformidad un natural amor, que iba siempre creciendo con nuestras edades. Acuérdome que, entrando una siesta en la huerta que dicen de los Jazmines, la hallé sentada junto a la fuente, componiendo su hermosa cabeza: miréla vencido de su hermosura, y parecióme a Salmacis, y dije entre mí: «¡Oh, quién fuera Trocho para parecer ante esta hermosa diosa!» ¡No sé cómo me pesó que fuese mi hermana! Y no aguardando más fuíme a ella; y cuando me vio, con los brazos abiertos me salió a recibir, y sentándome junto a sí me dijo:

—Hermano, ¿cómo me dejaste tanto tiempo sola?

Yo la respondí:

—Señora mía, porque ha gran rato que os busco; nunca hallé quien me dijese donde estábais, hasta que mi corazón me lo dijo; mas decidme ahora: ¿qué certinidad tenéis vos de que seamos hermanos?

—Yo — dijo ella — no otra más del grande amor que te tengo, y ver que todos nos llaman hermanos.

—Y si no lo fuéramos — dije yo —, ¿quisiérasme tanto?

—¿No ves — dijo ella — que a no serlo, no nos dejara mi padre andar siempre juntos y solos?

—Pues si ese bien me habían de quitar — dije yo — más quiero el mal que tengo.

Entonces ella, encendido su hermoso rostro en color, me dijo:

—¿Y qué pierdes tú en que seamos hermanos?

—Pierdo a mí y a vos— dije yo.

—Yo no te entiendo — dijo ella —; mas a mí me parece que sólo serlo nos obliga a amarnos naturalmente.

—A mí sola vuestra hermosura me obliga, que antes esa hermandad parece que me resfría algunas veces.

Y con esto, bajando mis ojos, de empacho de lo que la dije, vila en las aguas de la fuente al propio, como ella era; de suerte que dondequiera que volvía la cabeza hallaba su imagen, y en mis entrañas la más verdadera.

Y decíame yo a mí mismo, (y pesárame que alguno me lo oyera): «Si yo me anegase ahora en esta fuente donde veo a mi señora, ¡cuánto más disculpado moriría yo que Narciso! Y si ella me amase como yo la amo, ¡qué dichoso sería yo! Y si la fortuna nos permitiese vivir siempre juntos, ¡qué sabrosa vida sería la mía!»

Diciendo esto, levantéme, y volviendo las manos a unos jazmines, de que la fuente estaba rodeada, mezclándolos con arrayán, hice una hermosa guirnalda y poniéndola sobre mi cabeza me volví a ella coronado y vencido. Ella puso los ojos en mí (a mi parecer), más dulcemente que solía, y quitándomela, la puso sobre su cabeza. Parecióme en aquel punto más hermosa que Venus cuando salió al juicio de la manzana, y volviendo el rostro a mí, me dijo:

—¿Qué te parece ahora de mí, Abindarráez?

Yo la dije: — Paréceme que acabáis de vencer al mundo, y que os coronan por reina y señora del.

Levantándose, me tomó por la mano y me dijo:

—Si eso fuera, hermano, no perdierais vos nada.

Yo, sin la responder, la seguí hasta que salimos de la huerta. Esta engañosa vida trajimos mucho tiempo, hasta que ya el amor, por vengarse de nosotros, nos descubrió la cautela; que como fuimos creciendo en edad, ambos acabamos de entender que no éramos hermanos. Ella no sé lo que sintió al principio de saberlo: mas yo nunca mayor contentamiento recibí, aunque después acá lo he pagado bien. En el mismo punto que fuimos certificados de esto, aquel amor limpio y sano que nos teníamos se comenzó a dañar y se convirtió en una rabiosa enfermedad, que nos durará hasta la muerte. Aquí no hubo primeros movimientos que excusar; porque al principio de estos amores fue un gusto y deleite fundado sobre bien; mas después no vino el mal por principios, sino de golpe y todo junto. Ya yo tenía mi contentamiento puesto en ella, y mi alma hecha a medida de la suya. Todo lo que no veía en ella me parecía feo, excusado y sin provecho en el mundo. Todo mi pensamiento era en ella. Ya en este tiempo nuestros pasatiempos eran diferentes; ya yo la miraba con recelo de ser sentido; ya tenía envidia del sol que la tocaba. Su presencia me lastimaba la vida, y su ausencia me enflaquecía el corazón. Y de todo esto creo que no me debía nada, porque me pagaba en la misma moneda. Quiso la fortuna, envidiosa de nuestra dulce vida, quitarnos este contentamiento, en la manera que oirás.

El rey de Granada, por mejorar en cargo al alcaide de Cártama, envióle a mandar que luego dejase aquella fuerza y se fuese a Coín (que es aquel lugar frontero del vuestro), y que me dejase a mí en Cártama en poder del alcaide que a ella viniese. Sabida esta desastrada nueva por mi señora y por mí, juzgad vos (si algún tiempo fuisteis enamorado) lo que podríamos sentir. Juntámonos en un lugar secreto a llorar nuestro apartamiento. Yo la llamaba señora mía, alma mía, sólo bien mío y otros dulces nombres que el amor me enseñaba.

—Apartándose vuestra hermosura de mí, ¿tendréis alguna vez memoria de este vuestro cautivo?— Aquí las lágrimas y suspiros atajaban las palabras. Yo, esforzándome para decir más, malparía algunas razones turbadas, de que no me acuerdo, porque mi señora llevó mi memoria consigo. ¡Pues quién os contase las lástimas que ella hacía, aunque a mí siempre me parecían pocas! Decíame mil dulces palabras, que hasta ahora me suenan en las orejas; y al fin, porque no nos sintiesen, despedímonos con muchas lágrimas y sollozos, dejando cada uno al otro por prenda un abrazo, con un suspiro arrancado de las entrañas. Y porque ella me vio en tanta necesidad y con señales de muerto, me dijo:

—Abindarráez, a mí se me sale el alma en apartándome de ti; y porque siento de ti lo mismo, yo quiero ser tuya hasta la muerte: tuyo es mi corazón, tuya es mi vida, mi honra y mi hacienda; y en testimonio de esto, llegada a Coín, donde ahora voy con mi padre, en teniendo lugar de hablarte, o por ausencia, o por indisposición suya (que ya deseo), yo te avisaré: irás donde yo estuviere, y allí yo te daré lo que solamente llevo conmigo, debajo de nombre de esposo: que de otra suerte ni tu lealtad ni mi ser lo consentirían; que todo lo demás muchos días ha que es tuyo—. Con esta promesa mi corazón se sosegó algo y bésela las manos por la merced que me prometía.

Ellos se partieron otro día, yo quedé como quien caminando por unas fragosas y ásperas montañas se le eclipsa el sol: comencé a sentir su ausencia ásperamente, buscando falsos remedios contra ella. Miraba las ventanas donde se solía poner, las aguas donde se bañaba, la cámara en que dormía, el jardín donde reposaba la siesta. Andaba todas sus estaciones y en todas ellas hallaba representación de mi fatiga.

Verdad es que la esperanza que me dio de llamarme me sostenía, y con ella engañaba parte de mis trabajos; aunque algunas veces, de verla alargar tanto me causaba mayor pena, y holgara que me dejara del todo desesperado, porque la desesperación fatiga hasta que se tiene por cierta, y la esperanza hasta que se cumple el deseo.

Quiso mi ventura que esta mañana mi señora me cumplió su palabra, enviándome a llamar con una criada suya, de quien se fiaba; porque su padre era partido para Granada, llamado del rey para volver luego. Yo, resucitado con esta buena nueva, apercibíme, y dejando venir la noche por salir más secreto, púseme en el hábito que me encontrasteis, por mostrar a mi señora la alegría de mi corazón; y por cierto no creyera yo que bastaran cien caballeros juntos a tenerme campo, porque traía mi señora conmigo; y si tú me venciste, no fue por esfuerzo (que no es posible), sino porque mi corta suerte, o la determinación del cielo, quisieron atajarme tanto bien. Así que, considera tú ahora, en el fin de mis palabras, el bien que perdí y el mal que tengo. Yo iba de Cártama a Coín, breve jornada (aunque el deseo la alargaba mucho), el más ufano Abencerraje que nunca se vio: iba llamado de mi señora a ver a mi señora, a gozar de mi señora y a casarme con mi señora. Véome ahora herido, cautivo y vencido, y lo que más siento, que el término y coyuntura de mi bien se acaba esta noche. Déjame, pues, cristiano, consolar entre mis suspiros, y no los juzguen a flaqueza; pues lo fuera muy mayor tener ánimo para sufrir tan riguroso trance.

Rodrigo de Narváez quedó espantado y apiadado del extraño acontecimiento del moro; y pareciéndole que para su negocio ninguna cosa le podría dañar más que la dilación, le dijo:

—Abindarráez, quiero que veas que puede más mi virtud que tu ruin fortuna. Si tú me prometes como caballero de volver a mi prisión dentro de tercer día, yo te daré libertad para que sigas tu camino; porque me pesaría de atajarte tan buena empresa.

El moro, cuando lo oyó, se quiso de contento echar a sus pies, y le dijo:

—Rodrigo de Narváez, si vos esto hacéis, habréis hecho la mayor gentileza de corazón que nunca hombre hizo, y a mí me daréis la vida; y para lo que pedís, tomad de mí la seguridad que quisiereis, que yo lo cumpliré.

El alcaide llamó a sus escuderos, y les dijo:

—Señores, fiad de mí este prisionero, que yo salgo fiador de su rescate.

Ellos dijeron que ordenase a su voluntad, y tomando la mano derecha entre las dos suyas al moro, le dijo:

—¿Vos prometéisme como caballero de volver a mi castillo de Álora a ser mi prisionero dentro de tercer día?

Él le dijo:

—Sí, prometo.

—Pues id con la buenaventura, y si para vuestro negocio tenéis necesidad de mi persona, y de otra cosa alguna, también se hará.

Y diciendo que se lo agradecía, se fue camino de Coín a mucha prisa.

Rodrigo de Narváez y sus escuderos se volvieron a Álora, hablando en la valentía y buena manera del moro.

Y con la prisa que el Abencerraje llevaba, no tardó mucho en llegar a Coín. Yéndose derecho a la fortaleza, como le era mandado, no paró, hasta que halló una puerta que en ella había, y deteniéndose allí, comenzó a reconocer el campo, por ver si había algo de qué guardarse, y viendo que estaba todo seguro, tocó en ella con el cuento de la lanza, que esta era la señal que le había dado la dueña. Luego ella misma le abrió, y le dijo:

—¿En qué os habéis detenido, señor mío, que vuestra tardanza nos ha puesto en gran confusión? Mi señora ha rato que os espera: apeaos, y subiréis donde está.

Él se apeó y puso su caballo en lugar secreto, que allí halló; y dejando la lanza con su adarga y cimitarra, llevándole la dueña por la mano, lo más paso que pudo, por no ser sentido de la gente del castillo, subió por una escalera hasta llegar al aposento de la hermosa Jarifa (que así se llamaba la dama). Ella, que ya había sentido su venida, con los brazos abiertos le salió a recibir; ambos se abrazaron sin hablarse palabra, del sobrado contentamiento. Y la dama le dijo:

—¿En qué os habéis detenido, señor mío, que vuestra tardanza me ha puesto en gran congoja y sobresalto?

—Mi señora — dijo él —, vos sabéis bien que por mi negligencia no habrá sido; mas no siempre suceden las cosas como los hombres desean.

Ella le tomó por la mano y le metió en una cámara secreta, y sentándose sobre una cama que en ella había, le dijo:

—He querido, Abindarráez, que veáis en cuál manera cumplen las cautivas de amor sus palabras; porque, desde el día que os la di por prenda de mi corazón, he buscado aparejos para quitárosla: yo os mandé venir a este mi castillo a ser mi prisionero, como yo lo soy vuestra, y haceros señor de mi persona, y de la hacienda de mi padre, debajo del nombre de esposo, aunque esto, según entiendo, será muy contra su voluntad: que como no tiene tanto conocimiento de vuestro valor, y experiencia de vuestra virtud como yo, quisiera darme marido más rico; mas yo, vuestra persona y mi contentamiento tengo por la mayor riqueza del mundo.

Y diciendo esto bajó la cabeza, mostrando un cierto empacho de haberse descubierto tanto.

El moro la tomó entre sus brazos y besándola muchas veces las manos por la merced que le hacía, la dijo:

—Señora mía, en pago de tanto bien como me habéis ofrecido, no tengo qué daros, que no sea vuestro, sino sola esta prenda, en señal que os recibo por mi señora y esposa.— Y llamando a la dueña se desposaron. Y siendo desposados se acostaron en su cama, donde con la nueva experiencia encendieron más el fuego de sus corazones. En esta conquista pasaron muy amorosas obras y palabras, que son más para contemplación que para escritura. Tras esto al moro vino un profundo pensamiento, y dejando llevarse de él dio un gran suspiro. La dama, no pudiendo sufrir tan grande ofensa de su hermosura y voluntad, con gran fuerza de amor le volvió a sí, y le dijo:

—¿Qué es esto, Abindarráez? Parece que te has entristecido con mi alegría; yo te oigo suspirar revolviendo el cuerpo a todas partes; pues si yo soy todo tu bien y contentamiento, como me decías, ¿por quién suspiras? Y si no lo soy, ¿por qué me engañaste? Si has hallado alguna falta en mi persona, pon los ojos en mi voluntad, que basta para encubrir muchas; y si sirves otra dama, dime quién es para que la sirva yo; y si tienes otro dolor secreto de que yo no soy ofendida, dímelo, que o yo moriré o te libraré de él.

El Abencerraje, corrido de lo que había hecho, y pareciéndole que no declararse era ocasión de gran sospecha, con un apasionado suspiro, dijo:

—Señora mía, si yo no os quisiera más que a mí, no hubiera hecho este sentimiento; porque el pesar que conmigo traía sufríale con buen ánimo cuando iba por mí sólo; mas ahora, que me obliga a apartarme de vos, no tengo fuerzas para sufrirle; y así entenderéis que mis suspiros se causan más de sobra de lealtad que de falta de ella; y porque no estéis más suspensa sin saber de qué, quiero deciros lo que pasa.— Luego le contó todo lo que había sucedido, y al cabo la dijo:

—De suerte, señora, que vuestro cautivo lo es

también del alcaide de Álora: yo no siento la pena de la prisión, que vos enseñasteis mi corazón a sufrir; mas vivir sin vos tendría por la misma muerte.

La dama, con buen semblante, le dijo:

—No te congojes, Abindarráez, que yo tomo el remedio de tu rescate a mi cargo; porque a mí me cumple más; yo digo así, que cualquier caballero que diere la palabra de volver a la prisión, cumplirá con enviar el rescate que se le puede pedir; y para esto ponedle vos mismo el nombre que quisiereis, que yo tengo las llaves de la riqueza de mi padre, y yo os las pondré en vuestro poder: enviad de todo ello lo que os pareciere. Rodrigo de Narváez es buen caballero, y os dio una vez libertad, y le fiaste este negocio, que le obliga ahora a usar de mayor virtud: yo creo que se contentará con esto, pues teniéndoos en su poder ha de hacer lo mismo.

El Abencerraje le respondió:

—Bien parece, señora mía, que lo mucho que me queréis no os deja que me aconsejéis bien: por cierto no caeré yo en tan gran yerro; porque, si cuando venía a verme con vos, que iba por mí sólo, estaba obligado a cumplir mi palabra, ahora que soy vuestro se me ha doblado la obligación. Yo volveré a Álora y me pondré en las manos del alcaide de ella, y tras hacer yo lo que debo, haga él lo que quisiere.

—Pues nunca Dios quiera — dijo Jarifa — que

yendo vos a ser preso quede yo libre: pues no lo soy yo, quiero acompañaros en esta jornada, que ni el amor que os tengo, ni el miedo que he cobrado a mi padre de haberle ofendido, me consentirán hacer otra cosa.

El moro, llorando de contentamiento, la abrazó y le dijo:

—Siempre vais, señora mía, acrecentándome las mercedes; hágase lo que vos quisiereis, que así lo quiero yo.

Y con este acuerdo, aparejando lo necesario, otro día de mañana se partieron, llevando la dama el rostro cubierto por no ser conocida. Pues yendo por su camino adelante hablando de diversas cosas, toparon un hombre viejo; la dama le preguntó dónde iba, y él la dijo:

—Voy a Álora a negocios que tengo con el alcaide de ella, que es el más honrado y virtuoso caballero que yo jamás vi.

Jarifa se holgó mucho de oír esto, pareciéndole que pues todos hallaban tanta virtud en este caballero, que también la hallarían ellos, que tan necesitados estaban de ella. Y volviendo al caminante, le dijo:

—Decid, hermano, ¿sabéis vos de ese caballero alguna cosa que haya hecho notable?

—Muchas sé — dijo él —, mas contaros he una por donde entenderéis todas las demás. Este caballero fue primero alcaide de Antequera, y allí anduvo mucho tiempo enamorado de una dama muy hermosa, en cuyo servicio hizo mil gentilezas, que son largas de contar; y aunque ella conocía el valor de este caballero, amaba a su marido tanto, que hacía poco caso de él. Aconteció así, que un día de verano, acabando de comer, ella y su marido se bajaron a una huerta que tenían dentro de casa, y él llevaba un gavilán en la mano, y lanzándole a unos pájaros, ellos huyeron, y fuéronse a acoger a una zarza; y el gavilán, como astuto, tirando el cuerpo afuera, metió la mano y sacó y mató muchos de ellos. El caballero le cebó y volvió a la dama, y la dijo:

—¿Qué os parece, señora, de la astucia con que el gavilán encerró los pájaros y los mató? Pues hágoos saber, que cuando el alcaide de Álora escaramuza con los moros, así los sigue, y así los mata.

Ella, fingiendo no le conocer, le preguntó quién era.

—Es el más valiente y virtuoso caballero que yo hasta hoy vi; y comenzó a hablar del muy altamente, tanto que a la dama le vino un cierto arrepentimiento, y dijo:

—¡Pues cómo, los hombres están enamorados de este caballero, y que no lo esté yo del, estándolo él de mí! Por cierto yo estaré bien disculpada de lo que por él hiciere, pues mi marido me ha informado de su derecho.

Otro día adelante se ofreció que el marido fue fuera de la ciudad, y no pudiendo la dama sufrirse en sí, envióle a llamar con una criada suya. Rodrigo de Narváez estuvo en poco de tornarse loco de placer aunque no dio crédito a ello, acordándose de la aspereza con que siempre le había tratado; mas con todo eso, a la hora concertada, muy a recaudo, fue a ver la dama que le estaba esperando en un lugar secreto; y allí ella echó de ver el yerro que había hecho, y la vergüenza que pasaba en requerir a aquel de quien tanto tiempo había sido requerida. Pensaba también en la forma que descubre todas las cosas; temía la inconstancia de los hombres, y la ofensa del marido; y todos estos inconvenientes, como suelen, aprovecharon para vencerla más, y pasando por todos ellos le recibió dulcemente y le metió en su cámara, donde pasaron muy dulces palabras; y en fin dellas, le dijo:

—Señor Rodrigo de Narváez, yo soy vuestra de aquí adelante, sin que en mi poder quede cosa que no lo sea; y esto no lo agradezcáis a mí; que todas vuestras pasiones y diligencias, falsas o verdaderas, os aprovecharán poco conmigo; mas agradecedlo a mí marido, que tales cosas me dijo de vos, que me han puesto en el estado que ahora estoy.

Tras esto le contó cuanto con su marido había pasado, y al cabo le dijo:

—Y cierto, señor, vos debéis a mi marido más que él a vos.

Pudieron tanto estas palabras con Rodrigo de Narváez, que le causaron confusión y arrepentimiento del mal que hacía a quien de él decía tantos bienes; y apartándose afuera, dijo:

—Por cierto, señora, yo os quiero mucho y os querré de aquí adelante; mas nunca Dios quiera que a hombre que tan aficionadamente ha hablado de mí, haga yo tan cruel daño; antes de hoy más he de procurar la honra de vuestro marido, como la mía propia, pues en ninguna cosa le puedo pagar mejor el bien que de mí dijo. Y sin aguardar más, se volvió por donde había venido. La dama debió de quedar burlada; y cierto, señores, el caballero, a mi parecer, usó de gran virtud y valentía, pues venció su misma voluntad.

El Abencerraje y su dama quedaron admirados del cuento; y alabándole mucho, él dijo que nunca mayor virtud había visto de hombre. Ella respondió:

—Por Dios, señor, yo no quisiera servidor tan virtuoso; mas él debía estar poco enamorado, pues tan presto se salió afuera y pudo más con él la honra del marido que la hermosura de la mujer. Y sobre esto dijo otras muy graciosas palabras.

Luego, llegaron a la fortaleza, y llamando a la puerta, fue abierta por los guardas, que ya tenían noticia de lo pasado; y yendo un hombre corriendo a llamar al alcaide, le dijo:

—Señor, en el castillo está el moro que venciste y trae consigo una gentil dama. Al alcaide le dio el corazón lo que podía ser, y bajó abajo. El Abencerraje, tomando a su esposa de la mano, se fue a él y le dijo:

—Rodrigo de Narváez, mira si te cumplo bien mi palabra, pues te prometí traer un preso y te traigo dos, que el uno basta para vencer otros muchos; ves aquí mi señora; juzga si he padecido con justa causa; recíbenos por tuyos, que yo fío mi señora y mi honra de ti.

Rodrigo de Narváez holgó mucho de verlos, y dijo a la dama:

—Yo no sé cuál de vosotros debe más al otro, mas yo debo mucho a los dos. Entrad y reposaréis en esta vuestra casa, y tenedla de aquí adelante por tal, pues lo es su dueño.

Y con esto se fueron a un aposento que les estaba aparejado, y de ahí a poco comieron, porque venían cansados del camino. Y el alcaide preguntó al Abencerraje:

—Señor, ¿qué tal venís de las heridas?

—Paréceme, señor, que con el camino las traigo enconadas, y con algún dolor.

La hermosa Jarifa, muy alterada, dijo:

—¿Qué es esto, señor? ¿heridas tenéis vos de que yo no sepa?

—Señora, quien escapó de las vuestras, en poco tendrá otras; verdad es que de la escaramuza de la otra noche saqué dos pequeñas heridas, y el camino y no haberme curado me habrán hecho algún daño.

—Bien será — dijo el alcaide — que os acostéis y vendrá un cirujano que hay en el castillo.

Luego la hermosa Jarifa le comenzó a desnudar con grande alteración, y viniendo el maestro y viéndole, dijo que no era nada, y con un ungüento que le puso le quitó el dolor; y de ahí a tres días estuvo sano.

Un día acaeció que acabando de comer, el Abencerraje dijo estas palabras:

—Rodrigo de Narváez: según eres discreto, en la manera de nuestra venida entenderás lo demás: yo tengo esperanza que este negocio, que está tan dañado, se ha de remediar por tus manos. Esta dueña es la hermosa Jarifa, de quien te hube dicho es mi señora y mi esposa. No quiso quedar en Coín, de miedo de haber ofendido a su padre; todavía se teme de este caso; bien sé que por tu virtud te ama el rey, aunque eres cristiano; suplícote alcances de él que nos perdone su padre, por haber hecho esto sin que él lo supiese, pues la fortuna lo trajo por este camino.

El alcaide les dijo:

—Consolaos, que yo os prometo de hacer en ello cuanto pudiere.— Y tomando tinta y papel escribió una carta al rey, que decía así:

Carta de Rodrigo de Narváez, alcaide de Álora, para el rey de Granada

«Muy alto y muy poderoso rey de Granada:

Rodrigo de Narváez, alcaide de Álora, tu servidor, beso tus reales manos, y digo así: que el Abencerraje Abindarráez el mozo, que nació en Granada y se crió en Cártama, en poder del alcaide de ella, se enamoró de la hermosa Jarifa, su hija; después tú, por hacer merced al alcaide, le pasaste a Coín; los enamorados, por asegurarse, se desposaron entre sí, y llamado él por ausencia del padre, que contigo tienes, yendo a su fortaleza, yo le encontré en el camino, y en cierta escaramuza que con él tuve, en que se mostró muy valiente, le gané por mi prisionero; y contándome su caso, apiadándome de él le hice libre por dos días. Él se fue a ver con su esposa, de suerte que en la jornada perdió la libertad y ganó la amiga. Viendo ella que el Abencerraje volvía a mi prisión, se vino con él, y así están ahora los dos en mi poder. Suplícote que no te ofenda el nombre de Abencerraje, que yo sé que este y su padre fueron sin culpa en la conjuración que contra tu real persona se hizo; y en testimonio de ello viven. Suplico a tu real Alteza, que el remedio de estos tristes se reparta entre ti y mí: yo les perdonaré el rescate y los soltaré graciosamente; sólo harás tú que el padre de ella los perdone y reciba en su gracia; y en esto cumplirás con tu grandeza y harás lo que de ella siempre esperé.»

Escrita la carta, despachó un escudero con ella, que llegado ante el rey, se la dio: el cual, sabiendo cuya era, se holgó mucho, que a este solo cristiano amaba por su virtud y buenas maneras. Y como la leyó, volvió el rostro al alcaide de Coín, que allí estaba, y llamándole aparte le dijo:

—Lee esta carta, que es del alcaide de Álora—. Y leyéndola recibió grande alteración.

El rey le dijo:

—No te congojes, aunque tengas por qué; sábete que ninguna cosa me pedirá el alcaide de Álora que yo no lo haga; y así te mando que vayas luego a Álora y te veas con él, y perdones tus hijos, y los lleves a tu casa, que en pago de este servicio, a ellos y a ti haré siempre merced.

El moro lo sintió en el alma; mas viendo que no podía pasar el mandato del rey, volvió de buen continente, y dijo que así lo haría como su Alteza lo mandaba; y luego se partió a Álora, donde ya sabían del escudero todo lo que había pasado, y fue de todos recibido con mucho regocijo y alegría.

El Abencerraje y su hija parecieron ante él con harta vergüenza y le besaron las manos. Él los recibió muy bien, y les dijo:

—No se trata aquí de cosas pasadas; yo os perdono haberos casado sin mi voluntad, que en lo demás, vos, hija, escogisteis mejor marido que yo os pudiera dar.

El alcaide todos aquellos días les hacía muchas fiestas; y una noche, acabando de cenar en un jardín, les dijo:

—Yo tengo en tanto haber sido parte para que este negocio haya venido a tan buen estado, que ninguna cosa me pudiera hacer más contento; y así digo, que sólo la honra de haberos tenido por mis prisioneros quiero por rescate de la prisión. De hoy más, vos, señor Abindarráez, sois libre de mí para hacer de vos lo que quisiereis—. Ellos le besaron las manos por la merced y bien que les hacía, y otro día por la mañana partieron de la fortaleza, acompañándolos el alcaide parte del camino.

Estando ya en Coín gozando sosegada y seguramente el bien que tanto habían deseado, el padre les dijo:

—Hijos; ahora, que con mi voluntad sois señores de mi hacienda, es justo que mostréis el agradecimiento que a Rodrigo de Narváez se debe por la buena obra que os hizo; que por haber usado con vosotros de tanta gentileza no ha de perder su rescate: antes le merece muy mayor; yo os quiero dar seis mil doblas zahenes; enviádselas y tenedle de aquí adelante por amigo, aunque las leyes sean diferentes. Abindarráez le besó las manos; y tomándolas, con cuatro muy hermosos caballos y cuatro lanzas con los hierros y cuentos de oro, y otras cuatro adargas, las envió al alcaide de Álora, y le escribió así:

Carta del Abencerraje Abindarráez al alcaide de Álora

«*Si piensas, Rodrigo de Narváez, que con darme libertad en tu castillo para venirme al mío me dejaste libre, engañástete; que cuando libertaste mi cuerpo prendiste mi corazón. Las buenas obras son de los nobles corazones; y si tú por alcanzar honra y fama acostumbras hacer bien a los que podrías destruir, yo, por parecer a aquellos donde vengo, y no degenerar de la alta sangre de los Abencerrajes, antes coger y meter en mis venas toda la que de ellos se vertió, estoy obligado a agradecerlo y servirlo: recibirás en ese breve presente la voluntad de quien le envía, que es muy grande, y de mi Jarifa otra tan limpia y leal, que me contento yo della.*»*

El alcaide tuvo en mucho la grandeza y curiosidad del presente, y recibiendo de él los caballos, lanzas y adargas, escribió a Jarifa así:

Carta del alcaide de Álora a la hermosa Jarifa

«*Hermosa Jarifa:*

No ha querido Abindarráez dejarme gozar el verdadero triunfo de su prisión, que consiste en perdonar y hacer bien; y como a mí en esta tierra nunca se me ofreció empresa tan generosa, ni tan digna de capitán español, quisiera gozarla toda y labrar de ella una estatua para mi posteridad y descendencia. Los caballos y armas recibo yo, para ayudarle a defender de sus enemigos; y si en enviarme el oro se mostró caballero generoso, en recibirlo yo pareciera codicioso mercader. Yo os sirvo con ello en pago de la merced que me hicisteis en serviros de mí en mi castillo; y también, señora, yo no acostumbro a robar damas, sino servirlas y honrarlas.»

Y con esto les volvió a enviar las doblas. Jarifa las recibió y dijo:

—Quien pensare vencer a Rodrigo de Narváez en armas y cortesía, pensará mal.

De esta manera quedaron los unos de los otros muy satisfechos y contentos, y trabados con estrecha amistad, que les duró toda la vida.

Translator's Preface

El Abencerraje enchanted me the first time I read it in college. Both the romance of the language and the subversive value of friendship in an atmosphere of enmity inspired me for years after I turned the last page.

The story takes place in about the 1480's, after the King and Queen of the newly united Spain, Ferdinand and Isabel, had retaken most of the towns surrounding the last Moorish stronghold on the Iberian Peninsula, Granada. The Spanish Christian kingdoms had felt occupied by the Muslim invaders and believed in the necessity of making Spain a Christian country from coast to coast. Needless to say, the Muslims, whose forebears had arrived nearly 800 years previously, did not consider themselves temporary occupants of the lands under dispute.

Abindarráez and Rodrigo de Narváez are members of different faiths and opposing factions in a centuries-long territorial war. Each follows the strict code of knighthood, which defines the other as the enemy. They should not be friends, but that same perfect knightly behavior obliges them to treat each other with kindness and dignity. Their friendship is perhaps even more unusual and inspiring today than it was when their story was first written.

The original anonymous text, which is found in a miscellany made up mainly of poetry, was probably written about 1551. The characters and setting were far enough in the past to seem exotic to its first readers. The language is elaborate, formal, and just a little romantic. I have tried to bring across all of these characteristics because they are what make the story so special, but I have also tried to make the meaning abundantly clear in English. I hope you enjoy this little book as much as I did when I first read it.

Jessica Knauss, May 2012

The Abencerraje

Or
The Story of Abindarráez and Beautiful Jarifa

Translated by Jessica Knauss

This is a vivid portrait of virtue, generosity, effort, kindness, and loyalty, about Rodrigo de Narváez and the Abencerraje, and Jarifa and her father, and the King of Granada. Although the two main characters made up the entire body and drew it themselves, others did not fail to contribute to the painting, and leave some doodles on it. Just as the beautiful diamond set in gold or silver or lead always has its fair and certain value, because of the purity of its karat weight, so does virtue show in any damaged subject that shines and tells of what has befallen it. The essence and purpose of it is like the grain that falls on good ground and grows, and on the poor land, is lost.

The story tells that in the time of Prince Fernando, who won back Antequera,[1] there lived a gentleman called Rodrigo de Narváez who was outstanding in virtue and deeds of arms. He accomplished feats of high merit fighting against the Moors. Particularly in the venture and war over Antequera, he did deeds worthy of perpetual memory. However, in this our Spain, great accomplishments are held in so little esteem (because they're so natural and ordinary among her citizens) that the greatest deeds anyone can do seem small. It's not like those Greeks and Romans, who made any man who ventured to die once in a lifetime immortal in their writings and gave him a place in the stars above.

So, this gentleman did such good service to both his law and his king, that after the town was won, the king made him *alcaide* – governor and keeper of the fortress – of Antequera, so that he could take part in defending it, just as he had had such a large role in winning it. The king also

---

[1] Ferdinand the Catholic, who would go on to receive the surrender of Granada in 1492. The Christian kingdoms of Spain had been "winning back" the land from the Moors since the year 722.

made Rodrigo de Narváez *alcaide* of Álora, so that he was in charge of both castles and split his time between both places, going wherever there was the greatest need.

Rodrigo de Narváez normally resided in Álora, and there he had fifty noble squires in the king's employ, for the defense and security of the fortress. This number never faltered, like the immortal soldiers of King Darius, who put another in his place when one died. They all had so much faith and steadfastness in the power of their master that they found no undertaking difficult. And so they never stopped attacking their enemies and defending themselves from them, and they came out of every skirmish victorious, so that they were always earning honors and enjoyment, and were always rich.

So one night, when they were finishing dinner and the weather was very calm, the *alcaide* said these words to them:

"It seems to me, noblemen, knights and my brothers, that nothing arouses the hearts of men as much as the continual practice of arms, because that's how we get our own experience, and lose fear of outsiders. And there's no need to bring in outside proof of what I'm saying, because you are a true testimony of it. I say this, because it's been a few days since we've done anything to increase our fame, and I would give a bad account of myself and my office, if, being in charge of such a virtuous and courageous company, I let them spend time in vain. It seems to me (if you agree), that the brightness and safety of the night invites us to go forth. It will be good to make our enemies understand that the defenders of Álora do not sleep. I've told you my desire, do what you think best."

They said that he should give the orders and they would all follow. Naming nine of them, he had them arm themselves, and once armed, they went out the back door of the fort, so no one would notice them leaving and the fort would stay safe. Following the road, they came upon another which was divided in two.

The *alcaide* said, "Now, it could be that if we all go this way, we'll miss all the prey on the other. Five of you go by the first one, I'll go with these four along the other, and if one group comes across enemies they are not sufficient to overcome, sound the horn as a signal, and the others will come to their aid."

The five squires went their way, speaking of various things, and suddenly one of them said, "Hold back, friends. Either I am mistaken, or someone's there."

They hid among a grove that grew beside the road. They heard noise, and looking more closely, they saw a Muslim riding a roan horse where they had just been. He was large of body and handsome of face, and looked very good on horseback. He was wearing a long crimson tunic, and a damask robe the same color, all embroidered with gold and silver. A beautiful lady was carved on his right arm covering, and in his hand he held a thick spear of two irons. He also carried a shield and scimitar, and on his head a Tunisian turban that with its tight wrapping was both beautiful and useful for personal defense. So dressed, the Moor made a gallant show, singing a song he composed in sweet remembrance of his love:

"Born in Granada,
raised in Cártama,
fell in love in Coín,
on the border of Álora."

Although the music lacked art, the Moor did not lack contentment, and since his heart was so in love, he brought a certain grace to everything he was singing.

The squires were so transported by seeing him that they nearly allowed him to go by until they were right on top of him. The Moor, seeing himself ambushed, quieted down and with a gentle spirit, waited to see what they would do. Then, four of them separated from the group of five, and one attacked him. But since the Moor was more skilled in the occupation of fighting, he met the Christian with a lance thrust and threw him and his horse to the ground.

Seeing this, three of the remaining four attacked him. The Moor seemed very strong to them, such that although each of the three of them was enough for ten Moors, all together they could not defeat this single one.

The Moor realized he was in grave danger, because his spear broke and the squires were keeping him very busy. But, pretending that he was fleeing, he spurred on his horse, which encouraged the squire who was about to knock him down. Like a bird, he hung from his saddle and took his spear, and again faced his enemies, who still thought he was running away. He used such skillful dexterity that in a moment he had two of the three on the ground. The remaining one, seeing the need of his partners, blew the signal horn and went to help them. Here the skirmish truly came together, because the squires were insulted that it was taking them so long to defeat one knight, and the Moor was giving more than his life to defend himself from them.

At this time, one of the squires gave him a lance thrust in the thigh, which would have brought the whole thing to an end if the blow had not gone in slantwise. The Moor, angry at being wounded, turned around and gave his attacker a thrust with the lance that brought him and his horse to the ground, very badly injured.

Rodrigo de Narváez, suspecting the danger his partners were in, crossed the road, and since he had a better horse, charged forward. Seeing the valor of the Moor, he was frightened, because four of the five squires were already on the ground, and the other almost to the same point.

He said, "Moor, come for me, and if you beat me, I assure you of the rest."[2]

And they began a brave skirmish. But since the *alcaide* was rested, and the Moor and his horse were hurt, the *alcaide* kept him so busy that the Moor could not go on. However, understanding that his whole life and contentment was at stake in this single battle, he thrust his lance at Rodrigo de Narváez. Had he not taken the blow on his shield, the *alcaide* would have been killed. Receiving the blow spurred him on, and he gave the Moor a wound in the right arm, and closing in on him, pinned his arms, extracted him from the saddle, and sent him to the ground.

And going up to him, he said, "Knight, give yourself up for beaten. If you don't, I'll have to kill you."

"You'll be well able to kill me," said the Moor, "since you have me in your power. But no one

---

[2] The *alcaide* is promising that none of his other squires will attack the Moor, and so if the Moor comes out victorious against him, it will be as good as having defeated all of them, and he will be guaranteed a suitable reward.

can beat me but the one who has already won me."

The *alcaide* did not notice the mysteriousness with which these words were said, and with his normal gallantry, helped the Moor get up, because the wound that the squire had given him in the thigh, and the other in the arm — although they were not serious — together with the great exhaustion and the fall from his horse, had broken him. Taking bandages from his squires, the *alcaide* bound up the wounds. Having done this, he put the Moor on one of the squire's horses, because his was injured, and they turned toward Álora.

And moving forward, the squires all spoke about the Moor's good disposition and valor, and the Moor gave an enormous, deep sigh, and spoke some words in Arabic that no one understood.

Rodrigo de Narváez considered the Moor's fine figure and temperament. He remembered what he'd seen the Moor do, and it seemed to him that such great sadness in so strong a spirit could not come from the obvious cause alone.

And in order to find out, he said to him, "Knight, a prisoner who gives up hope in prison gambles with his right to freedom. In war, knights have to win and to lose, because most of their situations are subject to fortune. It looks like weakness that you, who have so far made such a good example of strength, now make such a bad one. If you're sighing from the pain of your wounds, you're going to a place where you will be well cured. If imprisonment distresses you, you should accept that it's a part of this war we're waging. And if you have another secret pain, entrust it to me. I promise you as a gentleman that I will do everything in my power to remedy it."

The Moor, who had been staring at the ground, raised his face, and said to him, "What are you called, Knight, who shows so much sympathy for my troubles?"

He said, "They call me Rodrigo de Narváez. I am *alcaide* of Antequera and Álora."

The Moor's face turned slightly happier. He said: "Certainly now I lose part of my sorrows, because my luck was so unfavorable, and now I'm in your hands. Although I never saw you before now, I've heard great things about your gallantry, and I've experienced your strength. Because you've guessed that it is not the pain of the wounds that makes me sigh, and also because it seems to me that you can handle any secret, please order your squires to stand off, and I will speak a few words with you."

The *alcaide* made the squires separate from them, and when they were alone, the Moor, heaving a deep sigh, said to him:

"Rodrigo de Narváez, famed *alcaide* of Álora, pay attention to what I say to you, and you will see whether my luck is enough to bring down the heart of a captive man. I'm called Abindarráez the Younger, in contrast to an uncle of mine, my father's brother, who has the same name. I am of the Abencerrajes of Granada — you must have often heard talk of them. Although my present sorrows are enough for me without remembering my past ones, I still want to tell them to you. In Granada there was a line of gentlemen, who were called the Abencerrajes, and who were the fullest flower of all that kingdom. They had an advantage over everyone else in gentility, in good grace, in disposition and in great strength. They were much esteemed by the king and by all the gentlemen, and very dear and beloved by the common people. In all the skirmishes that they entered, they came out winning, and in all the skills of knighthood they distinguished themselves. They invented fine habits and fashions, so that it was true to say that in both peace and war they were an example for the whole kingdom.

"It is said that there was never an Abencerraje who was stingy or a coward, nor with a bad temperament. If a lady did not have an Abencerraje who adored her, she did not consider herself a lady. Fortune, enemy of their good standing, willed that they should fall from grace in the way that you shall hear. The king of Granada did a famous and grave injustice to two of these gentlemen, who were the most worthy of all the Abencerrajes. The king was motivated by false information he had against them, according to which, although I do not believe it, these two knights and another ten under their influence conspired together to kill the king. Dividing the kingdom between them, they intended to avenge the king's abuses during his reign. This conspiracy, whether real or fictitious, was discovered. So as not to cause a scandal amongst his subjects, who loved the Abencerrajes, the king had them all executed one night. If he had waited to carry out what he thought was justice, he wouldn't have been able to do it at all. The Abencerrajes offered the king huge ransoms for their lives, but he would not even listen.

"When the people found themselves without hope of the Abencerrajes being alive, they began to mourn for them: the parents who engendered them and the mothers who gave birth to them wept for them; the ladies they loved and the gentlemen who were their peers wept for them; and all the common people lifted one great and continuous shriek, as if enemies were invading the city. If the Abencerrajes had been able to buy their lives with tears, they would not have died so miserably. You see here how so illustrious a lineage, such important gentlemen that made it up, came to such a terrible end! Consider how long Fortune takes to raise a man up, and how readily it knocks him down! How long it takes for a tree to grow and how readily it goes to the fire! How difficult it is to build a house, and how quickly it is burned! How many lessons might men learn from the example of these poor souls, who suffered so greatly without guilt or due process, being so many men and of such quality, and being in the favor of the very king! Their houses were knocked down, their estates taken away from their families, and their name broadcast throughout the kingdom as traitors. The result of this unhappy case was that no Abencerraje could live in Granada, except my father and an uncle of mine, who were found innocent of this crime, provided that any children who were born to them were sent out of the city to be raised, and never return, and any daughters were married outside of the kingdom."

Rodrigo de Narváez noticed the great passion with which the Moor recounted his misfortune.

He said, "Knight, your story is certainly strange, and the injustice done to the Abencerrajes was great, because it is not to be believed that people like them would ever commit treason."

"It is as I tell it," he said, "and wait a little longer and you will see how, after that misfortune, all the Abencerrajes turned out to be poor devils. I came into the world from my mother's belly, and my father fulfilled the king's order and sent to me Cártama, to the *alcaide* there, with whom he had a close friendship. This *alcaide* had a daughter, almost the same age as me, whom he loved more than himself. Besides being his only child and exttemely beautiful, she cost him his wife, who died in childbirth.

"Growing up, she and I always believed we were brother and sister, because everyone called us that. I don't remember having spent an hour without her: they raised us together, we walked together, we ate and drank together. From this proximity a natural love was born within us, and it grew as we did. I remember going into the garden that they call the Jasmines one afternoon. I found her sitting beside the fountain, arranging her beautiful hair. I looked upon her, overwhelmed by her beauty, and she looked like Salmacis,[3] and I said to myself: 'Oh, how can I, so humble, stand before this beautiful goddess?' I cannot tell you how it grieved me that she was my sister! I stalled no more but went to her, and when she saw me, she came out to welcome me with open arms.

"Sitting down beside me, she said, 'Brother, how come you left me alone for so long?'

---

[3] A naiad or water Nymph described thus in Ovid:
"There dwelt a Nymph, not up for hunting or archery:
unfit for footraces. She, the only Naiad not in Diana's band.
Often her sisters would say: "Pick up a javelin, or
bristling quiver, and interrupt your leisure for the chase!"
But she would not pick up a javelin or arrows,
nor trade leisure for the chase.
Instead she would bathe her beautiful limbs and tend to her hair,
with her waters as a mirror."
Ovid, Metamorphoses. Book IV, 306–12.

"I answered, 'My lady, because I've been looking for you for some time. I never found anyone who could tell me where you were, until my heart told me. But tell me now: what proof do you have that we are brother and sister?'

"'None,' she said, 'aside from the great love I have for you, and the fact that they call us brother and sister.'

"'And if we were not,' I said, 'would you love me as much?'

"'Don't you understand,' she said, 'that if you weren't my brother, my father would never allow to us to be alone together?'

"'Well, if they had to take that good thing away from me,' I said, 'I prefer the ill I have.'

"Then she, her beautiful face ablaze with color, said to me, 'And what do you lose by the fact that you're my brother?'

"'I lose you and myself,' I said.

"'I don't understand you,' she said, 'but it seems to me being brother and sister forces us to love each other naturally.'

"'Your beauty alone forces me, while this brotherhood seems to cool me sometimes.'

"And with this, lowering my eyes with the shame of what I said, I saw her in the waters of the fountain just as she really was, so that wherever I turned my gaze, I found her image, and in my heart the most real one of all.

"And I said to myself, (and it would give me remorse if someone heard): 'If I drowned right now in this fountain where I see my lady, I would die much more forgiven than Narcissus![4] And if she loved me like I love her: how happy I would be! And if our luck allowed us to live together always, what a sweet life mine would be!'

"Saying this, I got up and took a few jasmines that surrounded the fountain into my hands. I added myrtle to them and made a beautiful garland. Putting it on my head, I turned to her, both crowned and defeated. She looked at me (it seemed), more sweetly than usual, and taking the garland from me, she put it on her head. She seemed to me in that moment more beautiful than Venus when she came to the judgment of the apple, and turning her face to me, she said:

"'How do I look now, Abindarráez?'

"I said, 'You look as though you have just conquered the world, and you've been crowned queen and lady of it.'

"Getting up, she took me by the hand and said to me:

"'If that were so, brother, you wouldn't lose anything at all.'[5]

---

[4] Narcissus, also a classical myth figure, drowned in an attempt to get closer to the beautiful man he saw in the water: his own reflection.

[5] Meaning that if she were the queen of the world, she would favor him highly.

"Without answering, I followed her until we left the garden. We carried on this false way of life for a long time, until finally Love took revenge for us and unveiled our caution. As we grew older, we both came to understand that we were not brother and sister. I don't know how she felt when she first knew, but I never felt more contentment in my life, although afterward I've paid for it and more. At the same moment we were certain, that clean and healthy love we felt began to do damage and turned into a rabid illness which will afflict us until death. Here there were no first stirrings to avoid, because at the beginning this love was a pleasure founded on goodness, and the evil did not come slowly, but in one fell swoop, all at once.[6] Already, all my contentment relied on her, and my soul molded according to hers. Everything I saw that didn't have to do with her seemed ugly to me, ignorable and without profit in the world. All my thoughts were of her. At this time our pastimes were different. I was already looking at her with the dread of being discovered. Already I envied the sun that touched her skin. Her presence injured my life, and her absence weakened my heart. And even with all that, I don't think she owed me

---

[6] The brotherly love they felt at first is good, while the romantic love they feel now is considered evil. Abindarráez seems to believe others fall into romantic love slowly and with warning, while he did not have advance preparation.

anything, because she repaid me in the same coin. Fortune, envious of our sweet life, desired to take this contentment from us, in the way that you will hear.

"The king of Granada wanted to improve the lot of the *alcaide* of Cártama, so he sent him orders to leave that fort and go to Coín (the place across from yours). I was to stay in Cártama to be fostered by the new *alcaide* that was coming there. Knowing this disastrous piece of news for my lady and for me, judge for yourself (if you were ever in love) what we might be feeling. We got together in a secret place to weep over our separation. I was calling her my lady, my soul, my only happiness and other sweet names love taught me.

"'When your beauty is separated from me, will you ever remember your prisoner?' Here the tears and sighs started to catch my words. Struggling to say more, I babbled some confused utterances, which I do not remember, because my lady took my memory away with her. Who can tell you all the crying and sobbing she did, although it always seemed little to me!

"She told me a thousand sweet words, which I can still hear inside my ears. And in the end, so that no one would detect us, we said goodbye with many tears and sobs, each leaving only a hug for a pledge, with a sigh from deep inside.

"And because she saw me in so much need and showing signs of death, she said to me,

'Abindarráez, my soul escapes me when I separate from you, and because I think you feel the same, I want to be yours until death. My heart is yours, my life, my honor and my inheritance is yours. And in testimony of this, when I get to Coín, where I'm going now with my father, whenever I get the chance to speak with you, whether because of my father's absence or his unpreparedness (I'm already wishing for it), I will let you know. You will come to where I am, and there I will give you the only thing I take with me, in the name of husband. Neither your loyalty nor your being would allow it any other way. Everything else has already been yours for many days.' With this promise, my heart calmed down a little and I kissed her hands for the favor that she was promising me.

"They left the next day. I stayed behind like someone walking along a few craggy and rough mountains when the sun is eclipsed. I began to feel her absence violently, and sought out false remedies against it. I looked at the windows where she had usually sat, the waters where she used to bathe, the room where she used to sleep, the garden where the she used to rest during siesta. I walked all her stations and in all of them I found more reason for weariness.

"It's true that the hope that she would call for me sustained me, and with that hope I relieved part of my distress. Although sometimes, seeing time stretching out so long caused me the greatest sorrow, and I would have liked it to make me completely desperate, because desperation beleaguers a person until he believes it is true, but hope beleaguers until the desire is fulfilled.

"It's my luck that this morning my lady fulfilled her word to me. She sent a housemaid of hers on whom she could rely to call me to her, because her father had left for Granada, called by the king to return later. Resuscitated with this good piece of news, I perked right up, and waiting until dark so I could leave in secret, I put on the clothes you found me in, to better show my lady the happiness of my heart. And certainly I did not believe a hundred knights together were enough to give me trouble, because I was bringing my lady with me. If you defeated me, it was not because of your strength (that is not possible), but because my short luck, or the determination of heaven, wanted to ruin so much goodness for me.

"So, consider now, at the end of my words, the good that I lost and the ill that I have. I was going from Cártama to Coín, a brief day's journey (although my desire made it much longer), the proudest Abencerraje that was ever seen: I had been called by my lady to see my lady, to enjoy my lady and to marry my lady. I now find myself wounded, captive and defeated, and, what makes me sorriest, I can only claim my happiness this very night – after that, it's over. Let me, then, console myself with sighs, Christian, and do not judge them weakness, since they give me the strength to suffer such a severe situation."

Rodrigo de Narváez was surprised and moved to pity by the Moor's strange story, and believing that no thing would damage his business more than a delay, he said, "Abindarráez, I want you to see that my virtue is stronger than your mean luck. If you promise me as a gentleman that you will return to my prison by the third day, I will grant you freedom so that you may continue on your way, because it would sadden me to foil such a good arrangement."

When he heard this, the Moor wanted to throw himself at his feet with happiness, and said, "Rodrigo de Narváez, if you do this, you will have done the greatest kindness of heart that any man ever did, and will grant me life. And for what you ask, take from me whatever guarantee you wish, and I will fulfill it."

The *alcaide* called his squires, and said to them, "Knights, give me credit for this prisoner, and I will be guarantor of his ransom."

They said that he should order them as he wished. Taking the Moor's right hand between his two, Rodrigo de Narváez said to him, "Do you promise me as a gentleman to return to my castle of Álora and be my prisoner again on the third day?"

The Moor said to him, "Yes, I promise."

"Then go with good luck, and if you have

need of my person or of any other thing for your arrangement, it will also be done."[7]

And giving all his thanks, the Moor went the way of Coín in a great hurry.

Rodrigo de Narváez and his squires turned to Álora, speaking of the valor and good manners of the Moor.

And with the hurry that the Abencerraje was in, it didn't take him long to get to Coín. Going right to the fortress, as he had been ordered, he did not stop until he found a door that was in it. Stopping there, he began to reconnoiter the surroundings, to see if there was anything to be wary of, and seeing that it was quite safe, he knocked on the door with the tip of his lance, since this was the sign that the housemaid had given him.

---

[7] Rodrigo de Narváez and the Abencerraje are operating under the code of chivalry, in which honor has the utmost importance. No knight or gentleman worth his rank would ever consider going back on his word. Such an act would be the ultimate smear on his honor. Thus, words are not only trustworthy and enough to get the Abencerraje out of this situation, but it might also be insulting for either man to demand another guarantee beyond his word. The system works here only because Rodrigo de Narváez represents the highest values of knighthood, as will be elaborated on later.

Then that same housemaid opened the door, and said to him, "What's kept you, knight? Your delay has sent us into a tizzy! My lady has been waiting for you for some time. Dismount, and go up to where she is."

He dismounted and put his horse in a secret place, which he found there, and left his lance with his shield and scimitar. The housemaid took him by the hand and, as quietly as he could, so the people of the castle wouldn't hear them, he went up the stairs until he was at the room of the beautiful Jarifa (which was what the lady was called). She had already sensed his arrival, and went out to welcome him with open arms. They embraced each other without speaking a word, from the excessive happiness.

And the lady said to him, "What kept you, my lord? Your delay has caused me great anguish and fear!"

"My lady," said he, "you know well that it won't have been because of my negligence, but things don't always happen the way men would like."

She took him by the hand and put him in a secret chamber. She sat down on a bed that was there, said to him, "Abindarráez, I want you to see in what way a captive of love fulfills her words. From the day that I gave you the pledge of my heart, I have looked for some way to take it back from you. I ordered you to come to my castle to be my prisoner, just as I am yours, and to make you master of my person, and of the estate of my father, under the name of husband, although this, as I understand, will be very much against my father's will. Because he doesn't have as much knowledge of your bravery and experience of your virtue as I do, he wanted to give me a richer husband. But I hold your person and my contentment for the greatest wealth in the world."

And saying this she lowered her head, showing a certain shame from having said so much.

The Moor took her in his arms and kissed her hands for the favor she was doing him. He said, "My lady, I have nothing to give you in payment for the goodness you've offered me that is not already yours, but this pledge alone, as a sign that I take you for my lady and wife."

And calling the housemaid, they got married. And being married[8] they went to bed, where the new experience increased the fire in their hearts. During this conquest, very affectionate deeds and words passed between them, but that is more for contemplation than for writing. After this, a deep thought came to the Moor. He allowed it to carry him away and gave a great sigh.

The lady, not being able to suffer such a great affront to her beauty and desire, with the enormous strength of love turned him toward her, and said to him, "What is this, Abindarráez?

---

[8] Secret promises and subsequent consummation made a marriage valid by law.

It seems that you have grown sad with my happiness. I hear you sighing, writhing all over. If I am all your joy and contentment, as you were telling me, for whom do you sigh? And if I am not, why did you deceive me? If you have found some defect about my person, focus on my desire, which is enough to conceal many defects, and if you serve another lady, tell me who she is so that I may serve her. And if you have another secret pain I am not offended by, tell it to me, and I will free you of the problem or die trying."

The Abencerraje was ashamed of what he had done, but now it seemed to him that if he didn't explain, she would be greatly suspicious.

With a passionate sigh, he said, "My lady, if I did not love you more than myself, I wouldn't have sighed that way, because when it was only me alone, I suffered the sorrow I carried with me with fortitude. But now that it forces me to separate from you, I have no strength to suffer it, and so you will understand that my sighs are caused more by abundance of loyalty than by lack of it. And so that you won't be in more suspense without knowing why, I want to tell you what's happening."

Then he told her everything that had happened, and at the end he said, "So it is, my lady, that your captive is also the captive of the *alcaide* of Álora. I do not feel the sorrow of being in prison, which you taught my heart to suffer through, but I consider living without you the same as death."

The lady, with a happy face, said to him, "Don't be afflicted, Abindarráez, because I take the remedy of your rescue as my responsibility, because it fulfills me more. I judge it this way: any gentleman who gives his word to return to prison, can fulfill it by sending the ransom that can be asked of him. Request whatever amount you want, because I have the keys to my father's wealth, and I will put it in your power. Send the part of it that seems right to you. Rodrigo de Narváez is a good knight, and he gave you freedom once, and you entrusted him with this business, which now forces him to be greatly virtuous. I believe that he will be satisfied with this, since if he had you under his power he'd have to do the same."

The Abencerraje answered her, "It seems, my lady, that the great love you have for me doesn't let you give me good advice. I will certainly not fall into such a great error. If I was forced to fulfill my word when I was coming to meet with you, which was for my benefit only, now, when I belong to you, my duty has doubled. I will return to Álora and put myself in the hands of its *alcaide*, and after I do what I should, he may do as he pleases."

"May God never want," said Jarifa, "that you should go to be a prisoner, and I should remain free. Since I'm not free from your love, I want to accompany you on this journey. Neither the love I have for you, nor the fear that I have of offending my father, will allow me to do any other thing."

The Moor, crying with happiness, embraced her and said, "My lady, you're always increasing the favors you do for me. Do what you wish, for I wish it, too."

And with this agreement, they prepared what was necessary, and left the next morning, with the lady covering her face so she wouldn't be recognized. Along the way, speaking about diverse things, they came upon an old man. The lady asked him where he was going.

He said, "I'm going to Álora for business that I have with its *alcaide*, who is the most honest and virtuous gentleman that I ever saw."

Jarifa was very pleased to hear this. It seemed to her that since others found so much virtue in this gentleman, they who so needed it would also find it. And turning to the traveler, she said to him, "Say, brother: do you know anything notable about this knight?"

"I know many things," he said, "but if I tell you a certain one, it will let you understand all the others. This gentleman was first *alcaide* of Antequera, and there he dwelled a long time in love with a very beautiful lady, in whose service he did a thousand gentle deeds, which would be a long time telling. Although she knew the worthiness of this knight, she loved her husband so much that she didn't pay him any attention. It happened that one summer day, having just eaten, she and her husband went down to a garden that they had on the grounds, and he had a sparrow-hawk in hand. When he let the hawk go after a few birds, they fled, and they hid in a bramble. And the crafty sparrow-hawk, diving into the bramble, set to the task and took out and killed many of them.

"The gentleman gave the hawk his food and turned to the lady, and said, 'What do you think, lady, of the astuteness with which the sparrow-hawk closed in on the birds and killed them? Because I'll have you know, that when the *alcaide* of Álora skirmishes with the Moors, this is how he pursues them, and this is the way he kills them.'

"Pretending not to know him, she asked who he was.

"'He is the bravest and most virtuous gentle-man that I ever saw up to today.' And he began to speak very highly of Rodrigo de Narváez, so much that the lady began to feel sorry for the way she'd treated the *alcaide*.

"She said, 'Since men are in love with this gentleman, how is it that I am not, when he loves me? I will surely be forgiven for what I may do for him, since my husband has told me that it's right.'

"The next day, the husband left the city, presenting an opportunity. The lady, unable to stand it, sent for Rodrigo de Narváez with her housemaid. Rodrigo de Narváez was about to go mad with joy, even though he didn't fully believe what was happening, remembering how coldly the lady had always treated him. But even so, at the agreed time, very cautiously, he went to see the lady, who was waiting for him in a secret place. There she began to see the mistake she'd been making, and she felt ashamed that now she was asking for the one who had asked for her for so long. She also thought about outward appearance, which reveals all things. She was afraid of the unreliability of men, and of how affronted her husband would be, and all these disadvantages, as they usually do, made her love Rodrigo de Narváez even more. Passing over all of them, she welcomed him sweetly and took him to her chamber, where very sweet words passed between them.

"At the end of them, she said to him, 'Sir Rodrigo de Narváez, I am yours from here forward, and there is nothing in my power that is not yours. Do not be grateful to me for this, because all your passion and diligence, whether false or real, will do you little good with me. Instead, thank my husband, who said such things to me about you, that they have put me in the state I'm in now.'

"After this she told him all that had happened with her husband, and in the end she said, 'So it's true, knight, that you owe my husband more than he owes you.'

"These words had so much power over Rodrigo de Narváez that they caused him to be confused and to repent of the evil he was doing to someone who said so many good things about him.

"And pulling away from her, he said, 'Certainly, lady, I love you very much and I will love you from here forward. But may God never allow me to do such cruel damage to a man who has spoken so affectionately about me. Instead I must work for the honor of your husband as if it were my own, since there's no better way I can repay him the good he said about me.'

"And without hesitating, he returned to where he had come from. The lady had to feel disappointed, but really, gentle people, it seems to me that Rodrigo de Narváez was greatly virtuous and strong, since he subjugated his own will."

The Abencerraje and his lady were amazed by the story. Praising Rodrigo de Narváez very much, the Abencerraje said that he had never seen greater virtue in a man.

She answered, "By God, my lord, I would not want so virtuous a servant. He must have loved her very little since he left so quickly and the husband's honor was more important to him than the woman's beauty." And on this topic she said many other pleasant words.

Then they came to the fortress and knocked on the door. It was opened by the guards, who already had news of what had happened.

A man went running to call for the *alcaide*, and he said, "My lord, the Moor you defeated is in the castle and he brings a kind lady with him." The *alcaide* knew in his heart who it could be, and went below.

The Abencerraje, taking his wife by the hand, went to him and said, "Rodrigo de Narváez, see how well I keep my word to you, because I promised to be your prisoner and bring you two, when one is enough to defeat many others. Here you see my lady. Judge whether I have justly suffered. Accept us as yours, because I entrust my lady and my honor to you."

Rodrigo de Narváez was very happy to see them.

He said to the lady, "I do not know which of you owes more to the other, but I owe very much to the two of you. Come in and rest in this, your house, and consider it as such from here forward, since you are its proprietors."

And with this they went to a room which was prepared for them, and in a little while they ate, because they were tired from their journey.

And the *alcaide* asked the Abencerraje, "Sir, how are your wounds?"

"My lord, it seems to me that the road inflamed them, and they cause me some pain."

The beautiful Jarifa, very shaken, said, "What is this, my lord? Do you have wounds I don't know about?"

"Lady, whoever escaped from yours, will consider others nothing. It's true that I took away two small wounds from the skirmish of the other night, and traveling with no time to recover must have hurt me somewhat."

"It would be good if you go to bed," said the *alcaide*. "A surgeon who is in the castle will come to you."

Then the beautiful Jarifa began to undress him with great alarm, and when the doctor came and saw him, he said that it was nothing. And an ointment that the doctor put on him took the pain away, and three days from then, he was healthy.

One day it happened that having just eaten, the Abencerraje said these words: "Rodrigo de Narváez, since you are discreet, with the way we arrived you will understand the rest. I hope that this business, which is so damaged, will be remedied by your hands. This lady is the beautiful Jarifa, about whom I had told you she is my lady and my wife. She did not want to stay in Coín, from fear of having offended her father. She is still afraid for this reason. I know well that the king loves you for your virtue, even though you are Christian. I beg you that you get the king to make her father forgive us of having done this without his knowledge. Fortune brought him along this path."

The *alcaide* said to them, "Don't fret. I promise to do all I can about it." And taking ink and parchment, he wrote a letter to the king, which said this:

Letter from Rodrigo de Narváez, alcaide of Álora, for the king of Granada

Most high and powerful King of Granada:

Rodrigo de Narváez, alcaide of Álora, your servant, kisses your royal hands. I tell you this: the Abencerraje Abindarráez the Younger, who was born in Granada and grew up in Cártama, under the care of its alcaide, fell in love with the beautiful Jarifa, daughter of that alcaide. Later you sent the alcaide to Coín as a favor. The lovers were married in secret in order to be sure of their love. When Abindarráez was on his way to the fortress because her father – whom you have with you – was away, I found him on the road. In a certain skirmish I had with him, in which he proved to be very brave, I won him for my prisoner. And when he told me his case, he moved me to pity and I set him free for two days. He went away to meet with his wife, so that in one day he lost his freedom and won his love. When she understood that the Abencerraje was going back to my prison, she came with him, and in this way the two are now in my power. I beg you not to let the name of Abencerraje offend you. I know that he and his father were without fault in the conspiracy that took place against your royal person. And in witness of that, they live. I beg your Royal Highness, that you and I take equal part in the solution of these problems: I will pardon their ransom and release them benevolently. All you need do is make her father pardon them and receive them into his good graces. Doing this, you will do honor to your nobility and what I always expected of your greatness.

When the letter was written, he sent a squire with it, who came before the king and gave it to him. The king, knowing who the letter was from, was very much pleased, because he loved this Christian alone for his virtue and good customs. And once he'd read it, he turned his face to the *alcaide* of Coín, who was there with him.

Calling him apart, he said, "Read this letter from the *alcaide* of Álora."

And when the father read it, he got very upset.

The king said to him, "Don't get angry, although you have good reason to. Know that the *alcaide* of Álora can ask me for nothing that I will not grant him. And so, I order you to go to Álora and meet with him, and pardon your children, and take them to your house. In payment for this service, I will always grant you and them favor."

The Moor felt terrible deep in his soul, but seeing that he could not avoid the order of the king, he replied in a good-natured way, and said that he would do as His Highness ordered. And then he left for Álora, where they already knew from the squire everything that had happened, and the father was welcomed by everyone with much joy and happiness.

The Abencerraje and his daughter appeared before him with great shame and kissed his hands.

He welcomed them very well, and said to them, "We will not speak of things in the past. I pardon you for marrying without my consent, because otherwise, daughter, you chose a better husband than I could give you."

The *alcaide* Rodrigo de Narváez threw them many parties in those days. And one night, having just had dinner in a garden, he said to them:

"I so greatly value having been a part of the happy resolution of this business, that nothing could make me any more content. And so I say, that the only ransom I want from you is the honor of having taken you as my prisoners. From today forward, Sir Abindarráez, you are free from me, to do whatever you like with yourself."

They kissed his hands for the favor and good deed he was doing them. And the next day in the morning they departed from the fortress, and the *alcaide* accompanied them a part of the way.

When they were in Coín, calmly and securely enjoying the good things they had so long desired, her father said to them, "Children, now that you are masters of my estate with my consent, it is right that you should show Rodrigo de Narváez the gratitude you owe him for the good deed he did for you. He shouldn't have to lose his rightful ransom because he was so genteel with you. Indeed, it means he deserves much more. I want to give you six thousand Moorish doubloons.[9] Send them to him and consider him from here forward as a friend, even though we are of different faiths."

Abindarráez kissed his hands. He took the coins with four very beautiful horses and four spears with their tips of iron and gold and another four shields, and sent them to the *alcaide* of Álora, and wrote to him this way:

Letter from Abindarráez Abencerraje to the alcaide of Álora

If you think, Rodrigo de Narváez, that when you granted me freedom from your castle to come to mine you made me free, you were deceived. When you liberated my body you captured my heart. Good deeds come from noble hearts; and if you normally do good to those you might destroy in order to attain honor and reputation, I am obliged to be grateful for that and serve that purpose, because I want to be like those from whom I came, and never disgrace the high blood of the Abencerrajes. I'd rather take and put inside my veins all their spilt blood.

---

[9] This is both a large amount and an excellent quality of money. *Doblas zahenes* were coins highly valued for the purity of their gold.

You will receive with this small present the good will of the one who sends it, which is very great, and from my Jarifa another bit of good will so clean and loyal, that I am satisfied with it.

The *alcaide* greatly valued the nobility and curiosity of the gift. Accepting the horses, spears and shields, he wrote to Jarifa in this way:

Letter from the alcaide of Álora to the beautiful Jarifa

Beautiful Jarifa:

Abindarráez has not wanted to allow me to enjoy the true victory of holding him captive, which consists of pardoning and doing good deeds. And since on this Earth no one ever offered such a generous business, so worthy of a Spanish captain, I would like to enjoy it all and to make from it a monument for my posterity and descent. I accept the horses and weapons, to help defend them from their enemies. But if in sending me gold he proved to be a generous gentleman, in accepting it I would look like a covetous merchant. I return it to you in payment for the favor that you did me in making use of me at my castle. And also, lady, I do not make a habit of robbing ladies, but of serving and honoring them.

And with this he sent the doubloons back to them.

Jarifa accepted them and said, "He who thinks he can defeat Rodrigo de Narváez with weapons or courteousness is very wrong."

In this way they were very satisfied and content with one another, and united by a close friendship that lasted their whole lives.

Si le gustó este libro, por favor comparta tu opinión con otros lectores en Amazon, Barnes and Noble, Goodreads u otro sitio para libros. La traductora recibe con placer sus comentarios y preguntas cuando escriba a acedrexpublishing@yahoo.com.

If you enjoyed this book, please share your opinion with other readers on Amazon, Barnes and Noble, Goodreads or your favorite book site. The translator is happy to receive your questions and comments at acedrexpublishing@yahoo.com.